KB061055

푸른 왕관

새숲

새숲 1
푸른 왕관

2020년 9월 5일 발행
2020년 9월 5일 1쇄

지은이 김상렬
발행자 조완희
발행처 새숲
주소 10881 경기도 파주시 회동길 193, 4층(문발동)
전화 031-955-4601(代)
팩스 031-955-4555
등록 제 406-2020-000055호(2020. 5. 15.)
홈페이지 http://www.nanam.net
전자우편 post@nanam.net

ISBN 979-11-971279-1-5
ISBN 979-11-971279-0-8(세트)

책값은 뒤표지에 있습니다.

새숲 1

김상렬 시집

푸른 왕관

새숲

'첫 시집' 시리즈 '새숲'을 내며

아름드리나무도 처음에는 씨앗 하나였다. 씨앗 자체는 생명체가 아니다. 땅에 떨어지면 하나의 생명체가 된다. 땅 깊은 곳을 향해 뻗는 뿌리가 수분과 자양분을 빨아들이면 지상의 나무는 하늘을 향해 기지개를 켠다. 하늘을 향해 팔을 뻗치는 나뭇가지에 어미 새는 둥지를 만들어 새끼를 키운다. 이 세상에 나무가 없으면 인간도 뭇 동물도 곤충도 살지 못한다.

습작기를 마감하고 시인이 된 이에게 첫 시집의 의미는 각별하다. 씨앗이 이제 막 싹을 틔워 땅 위로 고개를 내밀었으니 말이다. 경기도 포천에 나남수목원을 가꾸고 있는 나남은 첫 번째 시집만으로 시리즈를 꾸려 가고자 한다. 시의 숲을 이루려면 작은 씨앗 하나가 어떤 땅에 떨어지느냐가 중요하지 않겠는가. 시가 숲을 이룬 아름다운 세상에 대한 꿈을 나남은 키워 갈 것이다.

시는 '즐거운 고통'이다

내게서의 시는 즐거운 고통이다. 시를 쓰는 것도 읽는 것도, 빼진 고통이 수반되지 않으면 오히려 불편하다. 너무 당연한 명제일 수도 있겠으나, 지나치게 쉽고 시류를 타는 듯한 작품은 아무래도 거북살스럽다.

그럼에도 우리가 일찍이 경험하지 못했던 이번의 천지개벽 같은 코로나 바이러스 사태는, 아주 오랫동안 시를 놓아 버리고 살았던 나의 문학적 초발심을 벌떡 일으켜 세우는 데 모자람이 없었다. 유배지 같은 방 안에만 콕 처박혀 대면하는 상대는 오롯이 텔레비전 화면뿐인데, 거기에서 봇물처럼 쏟아져 나오는 영상은 온통 참혹한 전염병 대유행 현상으로 넘쳐 나고 있었다.

나는 자신도 모르게 펜을 잡아 들었고, 일기 쓰듯 하루하루 그 종말 풍경을 본 대로, 느낀 대로 신명 지펴 끄적여

나갔는데, 그러다 보니 어느새 그것들이 시가 되고 이런 오달진 시집으로까지 발전하기에 이르렀다.

여기에 실린 짧고도 무거운 '코로나 우울' 연작은, 이 시대를 살아가는 이들의 슬픔과 기쁨, 가슴 아픈 보편적 감성과 경험을 두루 공유한 데서 얻어진 결과이기도 하다. 따라서 시의성이 적절히 밴 작품들은 보다 쉽게 읽히도록 배려되었으므로 어쩌면 우리 모두의 아름찬 집체창작이라 해도 과언이 아니리라.

2부의 풀과 벌레와 나무들, 가슴 시린 사람살이 이야기는, 지금껏 시난고난 부대껴온 내 인생에서 우러난 삶과 죽음의 기록이며 헤식은 사유의 편린들이다.

그렇다. 나는 늘 고통을 즐겼고, 외로움을 사랑했으며, 함부로 시를 내친 적도 없었다. 내게서의 시는 곧 종교와도 같은 구원의 손길이며, 우주와 소통하는 영혼의 속삭임이다. 언제나 세상을 한 걸음 앞서 나가는 예언이면서, 자연과의 웅숭깊은 교감이다.

시여, 일어나라. 그리고 저 부정 타고 불의한 것들을 단칼에 쳐부숴라.

2020년 부신 5월을 보내며

공주 함박덕에서

김상호

김상렬 시집

푸른 왕관

차례

2부 푸른 물방울

1부 우울한 포옹

코로나

향기롭고
테두리 선명한
빛의 꽃,
세상 휘어감은
그 왕관이 눈부시다.

바이러스

찾아오는 손님 반갑지 않고
손님으로 가는 것 기쁘지 않다.
저마다 혼자 섬으로 떠서
오지 않을 손님만 기다린다.

모든 바이러스는 한 가족이다.

거리두기

사이와 사이의 관계가 곧 인간이니,
그 사이가 너무 벌어져도 안 되고
너무 가까워도 안 된다. 그 사이 너무 가까워
흩어지면 살고 뭉치면 죽는다고 법석이다.
웬만하면 다 접촉 금지, 사랑하는 임도
하느님 아버지도 가까이 오지 말라고.

하지만 굳이 '사회적 거리두기' 아니더라도
우린 적당히 거리를 벌리고 살아야 한다.
너무 가까우면 예기치 못한 화상을 입고
너무 멀면 자칫 찬 서리 동상에 걸리느니,
침방울이 날아가지 않을 만큼의 거리
서로의 숨소리가 들리지 않을 만큼의
가슴속 엉겅퀴 가시 들키지 않을 만큼의
나무와 나무 사이만큼의 거리는 필요하다.

달리트

불가촉천민에 대한 힌두교 율법이 놀랍다.
경전을 보면 두 눈알을 파내버리고
경전을 말하면 그 혀를 뽑아버리고
경전에 닿은 손은 싹둑 잘라버린다는 형벌,
카스트에도 들지 못하는 노예의 삶인데
가장 낮은 그곳을 들여다보고 지켜줘야 할
거룩한 종교가 정말 이래도 되는 것인가.

그럼에도 백신 없는 바이러스 앞에서는
우리도 내남없이 달리트, 불가촉천민이다.

마스크 1

마스크 뒤에 또 다른 마스크 있다.
우리가 미처 눈치채지 못했거나
알면서도 어름적거렸던 반역의 얼굴.
언제 어디서나 입을 꿰매고 살아야 할
말로써 말 많은 죄 무거운 가납사니들은
그냥 안 쓰거나 비스듬히 쓰는 척하고,
법 없이 살아온 청정지역 양심들은
새로운 연결 위한 잠깐의 단절이라며
착하고 순한 양들처럼 말을 잘 듣는다.
서로가 또 다른 선으로 연결되어 있는
촛불로 밝힌 그물코의 화엄華嚴이다.

마스크 2

말끝마다 '익스큐즈 미'를 달고 사는 저들
마스크는 왜 한사코 안 쓰겠다 도리질인가.
이쪽의 이기利己 아닌 저쪽에의 배려인데,
마스크 안 쓰고 마구발방 싸돌아다닌
'장막'성전, '모략'선교만큼이나 낯설다.
양치질한 다음 물 한 번 치익 내뱉고 말거나
구두 신은 채 침대 위로 벌렁 드러눕는 것만큼
미개해 보인다, 저 선진국들이 꽤나 낯설다.

마스크 3

먼지는 나의 숨,
먼지 속에 인생 있다.
먼지가 생기니
아직 살 만하다.

아이

하늘님이 이곳에 살아 계시는 창조주라면
왜 코로나 같은 나쁜 아이를 만들어 낼까요?
하느님은 정말 어떻게 생기셨나요?
웃음 띤 사람의 얼굴인가요, 아니면
호랑이 같은 무서운 짐승 모습인가요?
그도 아니면 햇덩이나 구름, 태풍인가요?

아니야, 너를 닮았어. 네가 곧 하느님이야.

불길을 보며

이골 난 침묵의 시간인가, 모두 말을 잃었다.
처음엔 무슨 장난인가 싶어 이죽거리고
별일 아닌 척 안부 묻고 시치미 떼었지만,
그 일상의 사막화 조금씩 쌓이다 보니
손대면 톡 터질 듯 저마다의 신경줄이
어느 결에 날카롭고 내광쓰광하게 팽팽해졌다.
불이야, 불났다. 강풍 속 활활 들불이다.
신천지가 무너지고, 제3의 파도가 몰아친다.
사람들은 그저 아연실색, 말을 잃어버렸다.

신천지

신천지가 무엇인지, 어디에 숨어 있는지
바이러스가 확실하게, 빈틈없이 보여준다.
심지어 신神까지도 만들어내는 인간을
이리 꼼짝없이 칭칭 옭아맬 수가 있다니
이것이 바로 신천지다, 새로운 종말의 증거.

잠언

내가 어디에서 굴러왔는지 묻지 말고
내가 어디로 굴러가는지 알려 하지 말라.
삶에는 이유가 없다, 죽음도 마찬가지.
그대가 원하건 원하지 않건 간에
우린 광대무변하게 한 줄로 꿰여 있다.

장례식

이탈리아 북부에서 날아든 사진 두 장이
방관자에 지나지 않은 내 가슴을 후려친다.

베르가모 지방신문에 실린 스산한 장례식 풍경.
거기 신문지상에는 기사 대신 온통 부고뿐인데
성당 안에 즐비하게 늘어선 관들이 을씨년스럽다.
장례식장이 차고 넘쳐 주님 앞까지 밀려든 주검들,

주여, 어디에 계시나이까?
어디로 가시나이까?
관들끼리 서로 한울지어 어깨 껴안고 흐느낀다.

아베

지 알고,
내 알고,
하늘이 알건만.

시진핑

진실을 가장한 허위
허위를 가장한 진실,

소설 속 판다 곰.

툰베리

초강대국 아메리카가 저리
볼만장만 속절없이 무너진 건
트럼프 대통령이 저 혼자서
파리 기후협약을 제멋대로
깨버리고, 패대기친 탓이라고
환경소녀 툰베리는 말했다.

메르켈

아버지정치는
언젠가는 망하거나
뒤끝이 매우 안 좋지만
어머니정치는
독재하고 장기집권해도
거의 찬사를 듣는다.

송가인

길가에 활짝 핀 노란 민들레이거나
어두운 밤길 소담스레 밝히는 박꽃이다.
바탕색은 조금 쉰 듯 칼칼하면서
청아하게 터져 나오는 시원한 목청.
흥과 한이 반반씩 절묘하게 뒤섞인
오랜만에 가인歌人다운 소리 만났다.
트롯이건 판소리건 무슨 상관이랴,
그 노래 듣고 없던 힘 불끈 솟는다는데
우울해 죽을 것 같은 격리불안에서도
훌훌 털고 일어나 씻김굿 벌인다는데.

좋은 노래는 어디에서나 쉽게 불린다.

방탄소년단

보고 싶다, 보고 싶다고 목메어 '봄날'을 부른
아름다운 아이돌 방탄, 이 봄날 노래하지 못하네.
지금쯤 온 누리 휩쓸며 최절정 달리고 있을 텐데
재미있는 '기생충'과 함께 전성기 누릴 텐데
일찍이 상상해 보지 않았던 푸른 왕관이 가로막았네
언제 우리 청년들이 바다 건너 날아가
콧대 높은 저 서양인들 한국말로 떼창 부르게 했던가
발 동동 구르며 코리아를 부둥켜안았던가.
길 잃은 우리한테 힘과 사랑 심어 준다고
상처 많은 영혼들 손잡아 위로해 준다고,
그들은 약속이나 한 듯 감동의 비명 지르네.
그래, 온몸 내던져 노래하고 춤추는
'비티에스'는 열정의 상징, 희망의 큰 물결,
시작은 '방탄'으로 장난스레 미약했으나
그 끝은 창대하여 깊은 밤 더 빛나는 별이네.

프란치스코

봄비 오는데, 눈물처럼 봄비는 내리는데
성 베드로 광장에 홀로 선 교황,
그의 목 메인 기도소리가 핏빛이다.
주여, 우리를 부디 불쌍히 여기소서.
어서 당신의 어린 양들을 일으켜 세워 주소서.

오늘은 일요일, 하느님과 교황이 함께 운다.

노숙자

봄눈 흩날리는 을씨년스러운 아침,
은밀한 지하도 숙소에서 쫓겨 나와
횟배 앓는 시린 햇살 속으로
백기 들고 길 떠나는 사람이 있다.
온몸을 홑이불이듯 얼기설기 만
헌 신문지 쪼가리와 함께
청소부의 빗질 밖으로 허청허청
사라지는 신神의 뒷모습이 있다.

보첼리

십자가에 못 박힌 예수가 다시 살아난 부활의 날
밀라노 두오모 대성당 앞에 홀로 선 안드레아 보첼리.
어릴 때 시력 잃은 백발성성한 그의 무반주 독창이
가슴 때린다, 저 어매이징 그레이스가 이리도 슬펐나 싶다.
온라인 미사 올리는 교황이나 자전거 타고 예배 다니는 목사,
심지어는 헬리콥터 속 신부들이 확성기 틀고 기도하지만
보첼리의 슬픈 음악의 힘을 뛰어넘지는 못하는 듯싶다.

노벨

다이너마이트보다 훨씬 더 엄청난 폭발력이다.
코로나 같은 폭발력의 소설 한번 써봤으면 좋겠다.
한 많은 한국인이 노벨문학상 타지 못하는 건
일단 그들만의 향토문화제인 탓이 크긴 하지만
찢긴 이념과 분단 상황을 뛰어넘지 못하기 때문.
서로 손가락질하는 편협한 분파주의에 휩쓸리는 동안
기막힌 일제와 육이오, 사일구, 오일팔 같은 소재를
반지빠른 외국작가한테 빼앗기는 날이 올 것만 같다.

고흐

그가 스스로 한쪽 귀를 잘랐던 아를에 가면
온통 노랑 해바라기가 춤추며 반겨 맞는다.
노랑은 힘이 세다, 해바라기로 환생한 고흐.
인생은 짧고 예술은 길다는 말이 실감 난다.
바람이라도 불면 훅 날아갈 듯만 싶은데
노랑은 힘이 세다, 가장 먼저 솟아오른다.
언 땅 뚫고 얼굴 내미는 여린 복수초가 그렇고
딱딱한 달걀껍질 깨고 나오는 햇병아리가 그렇다.
노랑은 힘이 세다, 해바라기 고흐는 불멸이다.

파리

삿된 곁눈질로 득시글대는 지하철 소매치기들
몽마르트르 언덕 뒤안길에 뒹구는 마른 개똥들
시커멓게 탄 식빵 뜯는 아침 출근길의 노신사,

나는 그때 이미 오래된 몰락의 냄새를 맡았다.

개인의 자유를 맘껏 뛰어다니며 노는 바이러스,
내가 누리는 그 넘치는 자유가 나를 무너뜨린다.

에즈 마을

신은 죽었다, 지중해의 우울을 즐기라면서
니체가 거닐었던 니스 근교 에즈 마을,
그는 이곳에서 '짜라투스트라'를 완성했다.
요새와도 같은 절벽 위의 험한 피난지
염소 떼 몰려다니던 좁다란 골목길이
너무 구불구불해 자칫 길을 잃기 쉽다.
니체는 그 길 위에서 초인超人을 외쳤다.
그의 철학의 끝은 '코로나 블루'를 즐겨라.

바르셀로나

유럽을 여행하다 보면 어딜 가나 하늘 높이 치솟은
뾰족뾰족한 첨탑의 성당들, 경쟁하는 검은 욕망들,
그러나 바르셀로나 사그라다 파밀리아는 다르다.
부드러운 곡선 속으로 스르르 빨려 들어간다.
빛이 터지는 창으로 둥근 물결의 꽃들이 피어난다.
인류 구원의 절절한 기도소리가 천장을 뚫는다.
떠받친 네 개의 거대기둥은 불타는 옥수수 같은데,
가우디 영혼이 숨 쉬는 건 성가족성당만이 아니다.
바르셀로나 온 시내에 차고도 넘치는 자연 풍경이다.
공항 가는 길의 택시기사는 화려하지만 외로운 이 도시를
가우디의 곡선건축이 다 먹여 살린다고 자랑이다.
하지만 사내의 마지막 말은 역시 먹구름의 탄식이다.
스페인 경제가 죽어가고 있어요, 유럽이 망해가요.

나폴리

아름다운 나폴리의 어느 호텔 욕실은
사방으로 샤워기 물방울이 가시처럼 튄다.
세면대 아래 완만한 타일바닥 어디쯤에
우리네 같은 작은 배수구 하나 뚫어 놓으면
아주 쉬운 매조지일 텐데 참 이상한 일이다.
자칫 방심했다간 욕조 물이 찰찰 흘러넘쳐
물이 방으로 달려든다, 욕이 절로 터질 만큼.
유럽 어딜 가도 욕실 배수구 없는 건 똑같다.
이 호텔 방 벽에는 까마귀 그림이 걸려 있다.

폼페이

폐허의 잿더미 속 부둥켜안은 미라 부부를
안쓰럽게 구경하고 돌아 나오는 길목에서
이번엔 살아 있는 두 청춘이 뜨겁게 사랑 나눈다.
서로의 혀를 깨물 만큼 노골, 짐승스럽다.
여행 중 하 잦은 그림이라 놀랍지도 않지만
사람이 사람인 이유는 절제를 알기 때문,
아무 데서나 깊은 키스 나누고 아무 데에나
마구잡이 페인트 낙서해대는 그 야생 문화에서
나는 또 다른 폼페이를 본다, 몰락을 읽는다.

비엔나

비엔나엔 '비엔나커피'가 없지만
달달한 클림트의 '키스'가 있다.
모차르트의 퐁퐁 튀는 피아노 소리도
몽환으로 꿈꾸는 듯 온 시내를 감싼다.
하지만 가장 뜨겁게 가슴을 채우는 건
훈데르트바서의 환경 쓰레기소각장,
흐르는 물 같은 나선 건물이 예술이다.
물은 모름지기 모든 생명의 원천이나니
그는 비 오는 날을 누구보다 좋아했다.
혼자서 꿈꾸면 그냥 꿈에 그치지만
모두가 함께 꿈꾸면 그것이 바로
새로운 세계의 시작이라 읊조리면서.

예루살렘

죄 많은 황, 흑, 백인들의
손때가 버물듯 덕지덕지 묻은
예루살렘의 통곡의 벽이
강력 분무기 세례를 받아
모처럼 깨끗이 소독되었다.

산티아고

칠레 수도 산티아고에 웬 퓨마가 나타났다.
통행금지의 꼭두새벽 고립도시 한복판에
얼굴이나 형체도 없이, 그림자도 없이,
소리는 물론 발자국도 남기지 않은 채.

적은 존재하지만 보이지 않고 들리지 않는다.
내 안의 눈먼 퓨마도 더불어 날뛰고 있다.

하트 섬

무연고 묘지섬 '하트'는
화려한 뉴욕의 또 다른 이면.
길게 늘어선 냉동트럭 속
비닐백 시체들이 갈 곳을 잃었다.

더블린

안개와 술의 숲속 더블린 작가들은
일찍이 세기말의 우울을 먼저 살았다.
조이스와 스위프트, 예이츠, 베케트……
안개와 술의 우울이 위대한 그들을 낳았다.
잔인한 페스트 휩쓸고 간 유럽의 폐허에서
걸리버 소인국에 들어 스스로 소인들이 되었고
도무지 오지 않는 신의 인간 '고도'를 기다렸다.
고도가 올 때까지 죽지 못하고 살지 못하면서
그저 끙끙 앓을 수밖에 없는 인간들의 기다림.
고도는 누구인가, '기다림'은 언제 오는가.

히말라야

인도의 인간 발걸음이 멈춘 사이
없던 산이 새로 생겼다, 히말라야.
늘 미세먼지에 갇혀 살던 그들은
그 산이 거기에 있는 줄도 몰랐다.
그냥 희뿌연 안개의 띠라 믿었는데
그 안개 걷히자 높고 장엄한 히말라야,
인도의 파란 하늘이 환히 열렸다.

천지

살걸음의 괴질이 돌거나 인심이 사나워지면
사람들은 곧잘 천국이 어디냐고 묻는다.
사람 살 만한 지상낙원이 어디냐고
숨어 살 만한 절경은 어디냐고 찾는다.
누구는 신들의 정원인 중국 황산을,
누구는 그랜드캐니언이나 카파도키아를
또 누구는 로키산맥이나 레이크루이스를,
그러나 나는 두말없이 백두산 천지,
거긴 눈물 뚝뚝 떨어지는 그리움이 있다.

아이슬란드

아이슬란드를 가만히 입에 올리노라면
아이스크림의 달고 시원한 맛이 우러난다.
죽기 전에 꼭 한 번쯤 가보고 싶은 땅,
부푼 꿈과 환상으로, 아득한 그리움으로
흰 눈과 얼음에 덮인 북극의 오로라.

그러나 알고 보면 아이슬란드는 불의 땅,
주름진 마그마 아가리, 혹은 숨은 지옥,
절박한 희망의 낯선 나라가 거기 있다.
깊이 끓어오르는 용암이 뜨거운 공기 만나
한순간도 쉬지 않고 땅속 표정을 바꾼다.
땅은 서로 다른 방향과 속도로 바삐 움직인다.

그러므로 상상을 뛰어넘는 폭발은 언제라도
예고 없이 어느 날 문득 거짓말처럼 온다.
땅껍질의 변화를 눈여겨 살필 겨를도 없이

뜨거운 물기둥이 전혀 다른 경계를 이루니,

아이슬란드는 불의 땅, 아이스크림이 아니다.

불의 고리

불의 고리 한복판의 인도네시아는
날마다 서른 개쯤의 지진이 생기지만
여섯 개의 화산이 동시다발로 터진
오늘은 아무래도 예사롭지가 않다.

그러나 인도네시아는 도망치지 않는다.
캘리포니아처럼 고지대로 이사 다니지 않고
일본처럼 떼 지어 해외이주하지도 않는다.
정면으로 곱다시 일상으로 받아들이고
아시안게임 전야제 같은 춤으로 승화시킨다.

쓰나미

쓰나미는 아주 느린 용갈이 걸음으로 온다.
에메랄드 푸른 하늘과 부드러운 바람을 걸치고
장난스럽게 몸을 뒤척이며 함박 웃으면서,
이를 맞는 바닷가 주민들도 여느 때와 똑같이
장난치며 농담하고 일상을 희희낙락거리면서
어? 밀려드는 파도가 조용히 춤추며 오네?

희디흰 이빨을 드러내며 떼 지어 온 파도는
마침내 바다를 가르고 넘쳐 육지를 집어삼킨다.
조금씩, 아주 천천히, 거짓말처럼 쓸어버린다.
여객선과 집과 인간과 번쩍이는 원자력발전소를.
코로나는 이보다 더 조용히 웃는 쓰나미다.

빨리빨리
드라이브 스루

차에 탄 채 물건 사 먹을 수 있는 가게,
드라이브 스루는 원래 햄버거나 커피
좋아하는 미국 전매특허 같은 것이지만,
느닷없는 '이동차량 검진'의 한국형은 정녕
기발하고도 참신한 '빨리빨리'의 선물.
이제는 차에서 예배 보고 돈 찾고 민원서류도 뗀다.
시름에 젖은 농어민들 광어회나 수박을 사고
독거노인한테 사랑의 도시락도 배달한다.
그중의 으뜸은 한국의료의 '따뜻함'이니
불어올 후폭풍이 새 한류를 예감케 한다.

마을 이야기

인간의 마을에 붉고 푸른 꽃비가 내린다.
미세먼지와 에어컨 가스, 공장 굴뚝의 비
쉬지 않고 연기 내뿜는 자동차의 비가 내린다.
썩지 않는 폐비닐, 플라스틱, 우주 쓰레기의 비
전자파와 킬러로봇과 유전자 변종의 비
화산폭발, 대지진, 토네이도의 비가 내린다.
속으로 녹슬어 가는 빌딩 숲과 붉은 수돗물의 비
일 년 내내 그침 없이 타오르는 산불의 비
온 지구촌을 휩쓰는 바이러스의 노란 비가 내린다.
지카나 에볼라, 사스며 메르스, 아프리카돼지열병이
도무지 손쓸 겨를도 없이 밤낮으로 창궐해서,
마을은 마침내 온몸이 묶이고 사방이 봉쇄되었다.
저마다 입마개로 얼굴을 칭칭 동여맨 사람들은
유령처럼 거리를 헤매거나 방 안에 갇혀 꼼짝 못 한다.

포옹

참혹한 이 슬픔을 일찍이 멀리 내다보고
에곤 실레는 그 '포옹'을 그렸던 것인가.
놀라 절규하듯 비명을 지르듯 벌거벗은
남녀의 고통스레 뒤틀린 표정이 압권인데,
사랑하는 연인끼리 포옹하는 모습이
어찌 아픈 이별을 암시할까, 의아했으나
따로 갇혀 살지 않으면 안 되는 오늘
비로소 알겠다, 홀로 흐느끼며 알겠다.
집 밖으로 나서면 총살도 서슴지 않는
아프리카 유배지 같은 자가 격리시대,
보고 싶어도 서로 애틋이 마주 보지 못하고
손을 잡고 싶어도 구순히 손잡지 못한다.

소름

어느 시인의 가슴 아픈 노래처럼
새들도 함께 세상을 뜬 것일까,
새잎 나고 꽃들 눈부신데도
시끄럽던 새들이 보이지 않는다.
새벽같이 날아와 단잠을 깨우던
바지런한 요놈들이 다 어디로 갔나.
내가 맡지 못한 어떤 불온한 냄새를
한발 먼저 맡아낸 게 분명하다.
적요 속 환한 벚꽃 무더기에
문득 오소소한 소름이 돋는다.

북녘

소름 끼친다, 어느 날 북녘땅 무너지면
갈가리 찢어발겨 서로 나누겠다는 미국의
어떤 비밀기관의 귀살쩍은 점령 시나리오.
함경도는 러시아가, 평안도와 황해도는
중국이, 평양과 강원도 쪽은 미국과 일본이
반죽 좋게 나눠 먹겠다는 발상, 충격이다.
필리핀은 우리가 통짜로 차지하겠으니
조선은 일본 당신네가 요리하라던 때나,
명색은 해방군이라면서 멀쩡한 한반도
반반으로 댕강 잘라 곁꾼 러시아와 나눠
점령했던 것도 모자랐던가, 그날이 오면
저 좁은 북녘 땅덩이를 또 승냥이 떼마냥
달려들겠다니, 정말 대단한 악어 근성이다.
미군부대 성조기가 날탕 새롭게 보인다.

막말

남의 불행을 나의 행복이라 여기는
알 수 없는 인간들의 뒷담화가 넘친다.
가짜정보 전염병을 인포데믹이라 하고
세계적 대유행은 팬데믹, 대공황은 패닉,
대중에게의 선동·선전활동은 프로파간다,
종種의 장벽을 뛰어넘는 건 스필오버,
봉쇄나 통제는 셧다운 또는 록다운,
얼굴을 맞대지 않는 비대면은 언택트,
인공 심폐장치는 에크모, 타인의 슬픔을
내 기쁨으로 즐기는 건 샤덴프로이데……,
코로나 사태로 쏟아져 나온 이런
낯설고 물선 외래어들이, 내게는 다
외면하고 싶은 상된 막말로 들린다.

손말

밤새 안녕하셨습니까? 중앙방역대책본부에서 말씀드리겠습니다. 오늘 열한 시 현재 누적 확진자는 …… 사망자는 …… 삼가 고인들의 명복을 빕니다. 교회나 요양원 등 집단 다중시설에선 외부인 출입을 철저히 …… 그러면 다시 해외로 시선을 돌려 보겠습니다. 유럽의 코로나 일구 확산세가 완전히 패닉 상태 …… 하루 사망자가 육백 명을 넘어선 이탈리아는, 환자를 치료하던 의료진이 다시 환자가 되는 …… 수녀원까지 집단 감염되고 있으며, 관을 안치할 장례식장이 모자라 …… 프랑스는 국내 이동이 전면 금지되었으며 …… 스페인은 국가 비상사태 선포 …… 영국은 런던이 봉쇄되고, 여왕이 윈저성으로 피난 …… 독일 메르켈 수상은 이차대전 이후 최대의 위기라고 …… 트럼프는 자신을 전시 대통령이라면서 모든 미국인의 국내외 여행을 금지시킨다고 …… 세계보건기구에서 내린 팬데믹 현상이 그야말로 지구촌 전체를 …… 자칫 잘못하다간 인류의 절반 이상이 감염될 수도 있다는 …… 어느덧 꽃

피고 새 우짖는 봄이 찾아왔습니다. 여느 때 같으면 사랑하는 가족들과 함께 꽃구경 봄나들이에 바쁠 철입니다만, 그래도 끝까지 경각심을 잃지 마시고, 외출을 자제해 주시기 바랍니다.

이런 정례 브리핑이 끝날 때까지, 나는 그저 본부장 옆에서 열심히 손말(수화)하는 한 여인한테 꽂혀, 그 내용을 제대로 듣지 못했다. 여인의 손짓과 표정이 얼마나 적나라하고 진지한지, 내가 그만 벙어리 된 듯했다. 그녀의 애절한 손끝과 얼굴 표정에서 묻어나는 종말 기운에 턱 말문이 막히고 말았다. 어찌 이런 기막힌 무언극이 펼쳐지는가.

덩어리

부푼 살이나 똥만이 덩어리가 아니다.
아무리 아름답고 깨끗한 성자나 미인도
그 가죽자루 안에 대충 1백조 마리의
세균을 품고 있다. 내가 곧 혐오 덩이리,
남 혐오할 너볏한 처지가 아니다. 하지만
가지면 가질수록 더 가지려는 욕심과
용서할 수 없는 불덩어리도 갖고 있다.
그러면서 덩어리는 남의 덩어리만 헐뜯다가
조용히 눈을 감으면서 한평생을 마친다.

역설

지하철도 문고리도 반들반들 빛이 나고
저마다 사는 곳 쓸고 닦고 씻다 보니
숨다운 숨 쉴 수 있는 이 상큼한 공기,
하늘 높은 줄 모르던 시커먼 공장 굴뚝도
연기 내뿜기를 뚝 멈추었다. 봄이면 어김없이
숨통 옥죄던 황사, 미세먼지, 기름 냄새도
더 이상 날아오지 않는다, 하늘은 쾌청.

때로는 거꾸로 사는 법을 잘 익혀야겠다.

담장

굳이 못된 바이러스가 아니더라도
우리네 담장은 높고도 견고했다.
정 많고 한 많은 본래 심성이나
두레밥상 둘러앉아 함께했던 건 맞지만,
언젠가부터 저마다 빗장 열고 집에 돌아오면
담장 울안에 또 마음의 철벽 두르고
고슴도치 개인주의로 치닫기 시작했다.
저놈을 이기지 않으면 내가 죽는다는
끝없는 경쟁사회로 엄벙텅 내몰리고부터.
참말로 이상한 나라의 이상한 일들이
일상의 황폐화로 내달린다. 또 담장을 친다.

어떤 묵시록

사람들은 집에 갇히고, 물길, 하늘길도 닫혔다.
이거 혹시 숨겨놓은 몰래카메라 아니냐고,
길 잃은 행인들은 휘둥그레 두 눈을 굴린다.
뉴욕 9·11 같은 공중테러가 일어났다거나
제2차 세계대전 때의 융단폭격이 벌어졌다거나
누군가의 실수로 총 한 방 터진 것도 아닌데
어찌 이런 황당한 일이 생길 수 있단 말인가.
이건 분명 이쯤에서 문명을 멈추라는 손짓,
주저 없이 자연으로 돌아가라는 하늘의 계시.

우린 이미 너무 많은 숨탄것들을 괴롭혔다.
장미 문양의 식칼로 꽃처럼 도려내고 다져
그들의 피와 살과 뼈를 남김없이 먹어 치웠다.
먹지 않으면 죽으니 먹을 수밖에 없겠으나
우린 이미 너무 분별없이 먹고 마시고 즐겼다.
어느 날 뜬금없이 병든 닭들이 픽픽 쓰러졌다.

아직 죽지 않은 공장 닭들은 영문을 모른 채
땅속으로 휩쓸려 들어갔다, 시간이 흐른 뒤
돼지들도 알 수 없는 이유로 생매장당했고,
또 어느 날은 소들이 알 수 없는 돌림병에 걸려,
아직 병들지 않은 소 떼까지 눈 빤히 뜬 채 파묻혔다.

'먹는 게 곧 하늘'이라는 말에 걸맞게 우린 이미
너무 많이 미워하고 싸우고 본능처럼 살생을 즐겼다.
그 벌을 지금 받는다, 그네들의 당연한 역습이다.

코로나 택시

코로나19는 공포와 세기말 분위기의 전염병이지만
여기에 숫자 66을 더한 낱말 '코로나 1966'은
부푼 희망이었다, 꿈같은 부러움의 상징이었다.
춥고 배고팠던 이 나라 마이카 시대의 신호탄,
그날 신진자동차 부평공장은 온통 잔치판이었다.
미군부대에서 불하받은 폐차 엔진에 철판 두드려
몸체를 입힌 '시발'보다 얼마나 세련된 모양새인지,
사람들은 두부모처럼 생긴 이 국산차 굴러가면
그것이 영업용이든 자가용이든 별로 상관치 않고
그냥 부르기 쉽게 '코로나 택시'라 불렀다. 누구든
어딜 가든, 이 택시만 타면 가슴 설레고 뿌듯했다.
그로부터 반세기가 훌쩍 흘러가 버린 오늘의 한국,
거리는 온갖 자동차의 물결로 철철 차고 넘친다.
꿈의 마이카를 지나 한 식구 한 차 갖기도 지나서,
아무리 번듯한 새 길 뚫어도 이내 다시 길이 막히고
사람 사는 동네는 희뿌연 매연안개로 캑캑 뒤덮인다.
코로나 택시를 타려는 손님은 이제 아무도 없다.

신곡神曲

아직 지옥은 아닐 거야, 천국으로 가는
길목 어디쯤의 연옥일 거야. 길 위에서
시신 불태우는 에콰도르의 저 참상이나
청소차와 냉동트럭에 실려 가는 중국,
미국의 검정 비닐백들, 불구덩이 헤매는
중남미에선 수천 죄수들이 폭동, 탈옥했으며,
지구의 생명 리듬인 아프리카는 메뚜기 떼
습격으로 곡식은 초토화, 에볼라 강은 사막화.
먹을 것을 달라 아우성이다. 기니에선 소 오줌으로
머리 감고 세수하고, 인도에선 소똥으로 목욕하고,
중동 어디에선 제 몸속 소독한다면서
공업용 알코올을 마셔 서른여섯 명이 죽었다.
이탈리아에선 환자 보던 의사 마흔여섯이 죽고,
스페인은 중환자실 포화, 화장장 스물네 시간
가동, 죽음은 이제 이승의 삶의 다른 이름이다.
어둡고도 밝은 카오스, 천지창조가 따로 없다.

이건 아니야, 대체 무슨 벌을 받고 있는 거야?
어떻게든 다시 시작해야 돼. 다시 일어나야 해.

2부 푸른 물방울

봄날

밤새 울던 발정 난 암고양이
발그레 부끄럼 타며 솜털을 핥는데
봄비는 쉬지 않고 지상의 풀, 벌레,
뱀, 새, 개구리, 병아리, 사람새끼……
그 모든 애증의 종자를 쓰다듬는다.
정교한 음양오행의 그물코 사이로
그래도 사랑하라, 또 사랑하라고.

비 그치고 봄 날빛 부서져 내리니
지친 날갯짓으로 엉긴 노랑나비 한 쌍
한공중에서 펄펄 흘레 춤을 멈춘다.
감꽃 문 수고양이도 뒤란 가죽나무 아래서
암고양이 잔등 타고 기어오르고
새싹들은 스멀스멀 두꺼운 가죽을 뚫는다.

튄다

철 지난 단호박 속에서
멍든 호박씨앗과 함께
끌려 나온 구더기 몇 마리,
무조건 튄다, 튀어 오른다.
부신 햇빛 속으로,
산 넘고 물 건너
갈 데까지 가보자고,
하늘 높이 튀어 오른다.
현상은 구더기지만
본질은 생명 그 자체,
구더기도 막다른 골목에선
무서운 반동으로 튄다.
하늘 높이 튀어 오른다.

눈벌레

눈벌레는 눈이 없다.
홀로 산길을 걷는 내 눈을
흔들리는 등불로 아는지
부나비처럼 발만스레 투신해 온다.
아니면 스스로 목숨 끊기 좋은
호수쯤으로 착각하는 것일까,
죽고 또 죽어도 쉬지 않고
내 눈 속으로 자꾸만 뛰어드는
눈벌레는 눈이 없다.
놈들 눈에도 무슨 피치 못할
업보가 한 움큼 들어있나 보다.

염낭거미

하늘거리는 갈댓잎을 정교하게 말아
집을 짓는 마술사, 작은 염낭거미.
그가 지은 집은 곧 그의 무덤이다.
그 집에 갇힌 수많은 새끼들 살리려
나중엔 아낌없이 제 몸을 내던진다.
제 유전자 남기면서, 새끼들 먹이로
먹힌다, 그의 거미줄은 지옥문이다.

낯선 새들이 그 거미줄 훔쳐다 다시
강철보다 더 강한 새집을 짓는다.

거미줄

산골 오두막은 온새미로 거미줄이다.
뙤약볕 숙진 여름 끝날 무렵이면
바람이 손을 흔드는 창과 창 사이에도,
홀로 상처 핥으며 졸고 있는
마당귀 외등 불빛도, 그 불빛 받아
더 붉게 물들어가는 단풍나무도,
여지없이 칭칭 휘감은 거미줄이다.
겸손의 머리 조아리며 들고 나는
그을음 낀 현관 위 처마도 거미줄이다.
유난히 장마, 가뭄의 기상이변이 심해
이삭조차 주울 수 없는 올 농사는
거미줄이다, 산 입에 거미줄 치겠다.

넋두리

저 먼 태평양 어디쯤에서,
혹은 캄차카반도나 독도 근해에서
억울하게 잡혀 와 얼음물에 씻기고
살을 말렸다, 피와 뺏속까지
통째로 해와 바람에 내맡겼다.

그럼에도 황태의 탈골 장례식은
아직 끝나지 않았다. 인정머리 없는
인간들은 쉬지 않고 방망이질이다.
더러는 눈, 비가 애처로이 핥고 가고
깊은 산 종소리도 들려오는데.

지네

등잔 밑이 어둡다더니
원수는 바로 내 품에 있었구나.
녹슨 세월의 양동이 속으로
어느 날 남몰래 운명처럼 빠져버린
독살스러운 한 핏줄의 지네를
바로 잡지 못한 채 그대로 키웠나니,

절망보다 더 미끄러운 양철벽을
놈은 도저히 타오르지 못하고,
나도 구원의 손길로 놈을 빼낼 수 없다.
때로는 욕심 없고 매질 없는 착함이
용서 못 할 악덕일 수 있음을 깨닫는다.

하루에도 열두 번씩 죄를 짓는 밤
낮보다 밝은 산 아래 구치소로 달려간다.
저이들도 한때는 남의 밭에서 훔친

생무 씹으며 홀로 눈물짓던 청노루였으리.
지네였으리, 시도 때도 없이 살아났다가
죽고, 죽었다 다시 살아나는 업장이었으리.

살모사

어느 누구는 세상을 너무 재미있다 하고
어느 누구는 세상을 정말 이상하다 하고
또 어느 누구는 세상을 참 무섭다 하는데,

길가 풀섶의 살모사, 제 어미를 잡아먹는다.
내 일찍이 살을 찢어 낳고 젖 먹여 키웠으되,
때가 다하면 그저 쓸모없는 껍데기일 뿐,
새끼 살모사는 믿지 못할 양날의 칼이었음을
어찌 알고 막을 수 있으랴, 그 야수 본능을.

자식한테 비명의 칼 맞아 숨 몰아쉬면서
어머니가 마지막 유언처럼 내뱉은 한마디가
가슴을 찌른다, 철철 넘치도록 눈물이 난다.
옷을 갈아입고 도망쳐라, 어서 피 옷 갈아입고!

잡초

싹둑 자르고 독한 제초제를 흩뿌리고
제아무리 감사납게 짓밟고 깔아뭉개어도
잡초는 속전속결, 늘 다시 일어선다.
그 낫의 폭력을 홱 잡아채 물고서
씨방은 금방 씨앗을 품고 날아오른다.
쓰러진 꽃은 벌과 나비의 입술에 묻어
순식간에 저 넓은 세계로 퍼져나간다.
잡초는 어느 사이도 놓치지 않는다.
끔찍이도 그 사이를 사랑하고 의지한다.
남몰래 숨죽여 생존하는 치밀함이여,
잡초는 한평생 바람과 향기에 집중한다.
잡초는 오로지 흔들리기 위해 살면서
새 벌판을 곧바로 개척하고 점령한다.
산짐승이나 새, 농부의 옷깃에도 달라붙어
온갖 모욕으로 물든 땅에 살포시 날아 앉는다.
쓸모없고 척박할수록 깊이 뿌리박는다.

오염되고 버려진 땅이여, 내게로 오라고,
바랭이와 쑥부쟁이, 도꼬마리, 씀바귀,
노숙자와 떠돌이, 민들레가 함께 소리친다.
잡초는 언제 어디서나 죽지 않는다,
보란 듯 용서하며 칼을 물고 다시 산다.

개망초

개망초 꽃 흐드러진 눈부신 초여름이 오면
시난고난 앓다가 세상 뜬 안양 이모 생각이 난다.
아삭거리는 무無 맛이 바로 망초나물 맛이라고
아무도 먹지 않는 걸 타박하며 즐겨 먹던 당신,
뒤늦게 남편 바람난 줄도 모른 채 개망초만 뜯더니,
개망초 꽃망울 같은 암덩이 얻어 시름없이 떠났다.
아무짝에도 쓸모없는 내 인생 어떡하냐고
뜨거운 눈물 주룩 흘리면서, 개망초처럼 웃으면서.

연꽃

깨달음의 염화미소 위에
달라붙는 욕망의 찰거머리,
부처님 속으로 기어들어가
더러운 흙탕물을 정화시킨다.
그 골수 빨아 피운 연꽃,
지상의 등불로 환히 떠 있다.

비, 풀옷을 입다

지친 산, 녹음 위로 비가 내린다.
그렇게 비 내리면 나도 비가 되어
젖은 풀옷으로 주섬주섬 갈아입는다.

오, 입술 시퍼렇게 물이 든
비여, 온 산의 갈맷빛 벌거숭이여.
이제는 어디쯤에 그대가 오시는지
또 언제 어디로 가시겠는지를
조금은 알 것 같기도 하여라.

하지만 오던 비가 그새를 못 참고
얼굴 말끔한 햇살로 되돌아간다.
비가 되고 산이 된 나만 덩그렇게
그 자리에 우두커니 남겨 둔 채.
아무 일도 없었다는 듯이
없었다는 듯이.

싸리꽃

잎사귀 돋을 때 여린 눈망울 같고
꽃이 필 적엔 더 진한 핏방울 같더니,
그 꽃들 다 이울고 잎잎마다 단풍 들자
나무 자체가 온통 붉은 눈물바다이다.
지난봄 연보랏빛 꽃들은 꽃들대로
뭔가 말 못 할 사연이 있는 듯 애잔했는데
그 사연 싯누렇게 타버린 이 가을,
싸리나무 이파리들은 죄 멍들어 병났다.
즐거운 이별의 병, 온 사랑의 따라 난 병.

농사작법

흙의 살결을 갈아엎어 텃밭을 일군다.
한 땀 한 땀 바느질하고 수를 놓듯
갖은 씨앗을 뿌리고 모종을 심는다.
거기에 몇 줌씩의 햇빛과 비바람이 엮이고
온 우주가 조금씩 한 그물로 모여들면

싹보다 힘센 놈이 또 어디 있으랴,
도무지 말릴 수 없는 뭇 싹들의 솟구침
봄, 여름, 가을, 겨울로 알차게 영근다.

그래, 농사는 내가 짓는 게 아니었구나.
햇살은 햇살대로, 비바람은 또 그들대로
천지간에 서로 얼굴 비비고 맞장구치는 동안
흙은 내 살이요, 비바람은 내 피나니
여기가 바로 거짓 없는 섭리이며 종교,
사랑하는 어머니, 아버지의 나라였구나.

탄화목炭化木

살아 천년, 죽어서 천년이라는 주목나무,
풀어 헤친 그 생잎들 긁어모아 불을 놓자
후다다닥 타는 소리가 심장을 때린다.
부드러운 가시인 듯, 그러나 가시 아닌
주목 생잎 이글거리는 화염 속에
어느새 내가 바둑하게 누워 있다.

탄화목의 해는 결코 지지 않는다.
지구 어딘가를 빙빙 돌고 있을 뿐
그동안 주목나무는 불에 타고 남아
주상절리 나뭇결로 굳은 채 숨 쉰다.
해는 여전히 지지 않고 있으며
내 불의 기도는 죽음을 뛰어넘는다.

밤꽃 향기

내 사는 정안 일대는 밤나무가 지천이다.
이 산도 밤, 저 골짜기도 밤, 밤, 밤.

꿀벌 잉잉대는 늦봄, 밤꽃이 필 무렵이면
새색시 젖비린내의 진한 밤꽃 향기가
온 하늘을 덮는다, 숨을 못 쉴 지경이다.

그 밤꽃 몸살이 한여름 긴 밤 뒤척이고,
도담도담 속삭이며 탐스럽게 익어가는
햇살 알알이 여문 눈부신 가을이 오면

내 사는 정안 일대는 밤나무가 곧 밥나무,
이 산 저 골짜기마다 밤, 밤, 밤 천지다.

마음

참 이상하지? 아무리 견고한 물질이라도
공기나 물방울을 막을 수 없다는 것,
껍질 같은 무상無常만 남는다는 것.

썩지 않는 돌이나 플라스틱, 철판도 마찬가지,
아무리 감추고 속으로 감싸 안아도
마음은 끝내 틈이 없는 틈으로 새 나오고 만다.

히말라야 어디쯤에서 날아든 흰 대머리독수리는
한순간을 쉬지 않고 구더기 끓는 무상이나 돌,
플라스틱이나 두개골 속 뇌수를 쪼아 먹는다.

햇살 한 줌

한 줌의 햇살이 이리 위대한 줄 몰랐다.
뭇 생명을 아주 조금씩 살리고 죽인다는 걸,
풀과 나무는 물론 사람 사는 집도 무덤도
죄다 그쪽으로 팔을 내뻗고 있다는 걸.

세상 밖으로 잠깐 소풍 나와서
더러는 땅을 파듯 숟가락질했고,
등 따신 노루잠도 적당히 자보았고,
남루를 벗은 날갯짓도 두루 겪었으니
이제 남은 건 동그란 햇살 한 줌뿐이다.

쏟아지는 빛과 불, 소나기는 부럽지 않다.
내가 땅 파지 않으면 누가 나무를 심으랴.
땀 흘려 땅을 파면 햇살은 절로 굴러든다.
모든 사랑은 이 지상의 흙과 나무에 묶여 있고
그 햇살의 작은 눈짓으로 꽃들이 일어선다.
황금으로 빛나는 들녘이 일어선다.

윤슬

반짝이는 물은 반짝이는 물이고
흘러가는 시간 또한 그냥 그대로
어디로든 흘러갈 따름이지만,
여기 남아 있는 사금파리의 멍든
상처는 너무나 시리고 뼈아프다.

하늘길

가 보지 못한 먼 길에
그리움이 더 쌓인다.
죽기 전에 꼭 가 보아야 할
그 길을 새가 먼저 간다.
바람칼의 저 하늘길,
방금 떠난 새의 빈자리에
핏빛 울음소리만 남아 있다.

온 산이 피의
새 울음으로 그득하다.
나뭇잎 사이로 쏟아지는
빈혈의 햇살 속에서
검은 피가 뚝뚝 떨어진다.

산중문답

비바람이 지나간 뒤에야
꽃이 지는 걸 알 수 있으나
풀과 나무는 돌아보지 않는다.

산은 높을수록 깊은데
그 깊은 산중에 묘지가 있다.
어떻게 이런 데 무덤이 있지?
뒤따르던 아내가 혼잣말처럼 묻고,
저 홀로 알아서 묻혔겠지, 뭐
나는 동화처럼 받아넘기다가
앞을 가로막는 웬 나무와 부딪힌다.

나무는 바람이다, 꽃이 진 자리
무덤은 처음부터 거기 없었다.

속삭임

한숨보다 더 깊은 한밤중
목마른 샘가로 물 마시러 나갔더니
웬 가시 잎사귀가 귀싸대기를 때린다.

뼈다귀 빼고, 기름도 싹 빼버리고
어려운 은유나 앓는 소리 없이
다만 그렇게, 있는 그대로 살라고.

이심전심

더그매 없는 천정이 너무 높아서 늘 춥다.
거실 한구석에 품에 맞는 벽난로를 놓았다.
한겨울마다 오들오들 떠는 게 진력이 나서
눈 질끈 감고 투자한 조로아스터 불꽃 소요逍遙,
웬만한 연탄아궁이 같은 작은 용량이지만
그 불꽃 바라보는 것만으로도 온 삭신이 녹는다.

그리고 이 벽난로 놓으려 옮긴 소파 때문에
여태까지의 바깥 풍경이 정반대로 달라졌다.
집 지을 때 나는 부러 하산下山 유혹 막으려
가파른 오르막길 산 쪽을 바라볼 수 있도록
좁은 거실 소파 자리를 거꾸로 돌려 잡았으나
십 년 세월 흐른 오늘 다시 정반대 방향으로 바꾸니
역시 아래로 흐르는 게 비나 물만이 아니다.
모든 것은 그렇게 아래로 흐른다, 보이는 것도
보이지 않는 것도 그저 그렇게 아래로, 아래로.

불의 노래

바람골을 따라 달려가는 저 불의 갈기는
성난 수사자, 혀끝 날름대는 꽃배암이다.
내 여윈 팔다리와 푸른 사랑과 심장의 피가
붉은 숯으로 이글거리며 타는 동안, 내 갈비는
땔감, 나는 그 불길 속의 하느님을 응시한다.
하느님은 여전히 벽난로 속에서 주무시고
나는 활활 타는 배화拜火의 잠언을 듣는다.
초월하라, 인간을 뛰어넘고 하느님도 베어라,
눈송이 같은 신들이 퍼르퍼르 흰 재로 납신다.
조왕신, 잔나비신, 당산나무신, 지렁이신,
아버지신, 부처님신, 꽃신, 짚신, 귀신……
오, 불은 꺼지기 직전이 가장 밝고 아름답다.

음통音痛

자연의 소리 아닌 건 진정이 아니라서
사람이 만든 소리는 가끔 고통스럽다.
참 좋은 음악은 음과 음 사이의 정적
또는 그다음에 오는 소리 뒤의 울림.

소리 없는 바람은 나를 무한대로 나르고
비로소 음통의 검은 터널을 벗어난다.
소리 없는 소리를 듣는다, 닫힌 말문이 틔고
말 없는 무위자연이 심금心琴을 울린다.

동그라미

물방울이 물방울한테로 갔다가
방울방울 거품을 물고 우주의
만다라 속으로 걸어 들어간다.
영혼의 분열 없는 균형 속으로.

태초에 동그라미가 있었다.
잘 곰파보면 칼끝도 동그라미,
하늘의 얼굴이나 나무뿌리,
거센 비바람, 검은 솥의 누룽지도
동그라미다, 동그라미가 우리를 살린다.
죽인다, 사랑과 미움을 한데 비빈
밥도 동그라미, 어머니도 동그라미.

그 핵核의 본질을 입에 문 그대여,
우리들 사랑은 여전히 영원하다.
맞아, 마음을 비우면 누구나 씨앗이야,

물방울 속 잉태의 혀, 생명의 알갱이야.

물이면서 불이야, 알 같은 지구 그 자체.

…… 태초에 동그라미가 있었다.

새의 부활

눈 내리는 날 아침, 베토벤의 합창을 듣는다.
묵은해 잘 보내자는 환희의 송가 들으면서
내 오두막 통유리 창으로 돌진해 날아들다가
그만 뇌진탕으로 나자빠진 어치 새를 생각한다.

어제저녁, 얼른 달려가 주워 든 내 손 안에서
마지막 안간힘으로 파닥이던 새의 짧은 생애,
놈에게 물 먹이려 받아낸 내 손그릇은
반짝 회광반조回光返照의 부활의 숲으로 변했다.
죽을힘으로 눈 끔벅이던 놈은 이내 축 늘어지고
나무토막처럼 굳어져 저승으로 떠나갔는데
새는 내 오두막 창을 무슨 하늘로 착각했을까.
저 넓은 허공에도 인드라 망 아닌 길 없다는데
우리가 흔히 길 아닌 길로 착각해 들어가 헤매듯
어스름 사르고자 방금 켠 내 초저녁 불빛이
길 잃은 놈에게는 그리도 따뜻하고 황홀했을까.

듣지 못했던 베토벤이 엄청난 합창 불러 모으듯
시방도 눈은 화려한 새의 노래, 부활의 몸짓으로
퍼르퍼르 내려 쌓인다, 오두막 유리창으로 날아든다.
하염없이 쉬지 않고, 장엄한 하늘의 춤사위로.

골병

산 위의 비 머금은 붉은 조각달이
산 아래 토담집의 홀로사내를 비춘다.

달이 지고, 산 너머에서 온 먹구름이
지난 기억들의 빗장을 훑고 가면
산이 울고, 등이 휜 나무와 나무들
서로 말 못 하고, 마주 보지 못한다.

그리움에 지친 사내의 뼛속으로
비와 바람이 속 깊이 스며든다.

새벽 담배

웬 날벼락의 천둥소리에 놀라
벌떡 악몽을 털고 일어난 새벽,
시뻘건 칼날로 나를 응시하는
너무 밝은 저 어둠의 빛.

아마 누군가가 죽었을 거야!

시방도 번갯불은 덧창을 확
열어젖혔다가 한순간에 물러가고,
곧이어 천지를 찢어발기는 우레와
비수로 쏟아져 내리는 비, 빗소리.

원죄 많아 떨리는 내 손끝에
하느님이 내려와 엉겨 붙는다.
그가 밟고 있는 불꽃이 입속으로,
누에고치의 재로 빨려 들어온다.

삶

뜰 앞의 잣나무는 뜰 앞의 잣나무이고
마른 똥막대기 부처는 마른 똥막대기 부처.
그 나무젓가락 집어 들어 혼자 마주한 밥상,
창밖에서 기웃거리는 때까치가 한 식구이다.
산다는 건 모름지기 무의미의 의미,
먹고 자고 싸고 설거지하는 일의 되풀이.
끈적이는 찌꺼기와 빈 그릇의 밥풀떼기는
씻고 씻어도 늘 그 자리에 다시 달라붙는다.

얼음눈

언제나 오늘, 오늘, 오늘뿐인
쳇바퀴 같은 나날의 한밤중
타는 갈증으로 냉장고 문을 여니
어둠 속의 얼음눈이 와락 덤벼든다.

지금껏 술로 찌운 살이나 정신은
한순간에 기체로 날아가고,
타성에 젖은 밍밍한 일상이 죄다
스스로의 마음감옥으로 얼어붙는다.
양심범 같은 푸른 물방울 하나
비수처럼 내 정수리에 내리꽂힌다.

인생

혼자 보는 건 보는 게 아니다.
듣는 것 우는 것도 혼자는 아니다.
세상은 서로 칡넝쿨로 부둥켜안고
한 숲의 파도로 일렁이며 춤춘다.

그 역시 다 강물로 지나가리라.
심장이 터질 것 같은 슬픔과 분노,
꽃 피고 새 우짖는 사랑의 기쁨도
그 모든 그리움도 마침내 때가 되면
한 바다의 망각으로 쓸려 가리라.

사바나

작살로 내리꽂히는 염열지옥이다.
바싹 마른 뼈다귀들, 그 악의 종자들에게
나는 비로소 연민의 손을 내민다.
사자가 얼룩말을 잡아먹고, 악어가
헐떡이며 물 마시는 그 사자를 냉큼
목덜미 잡아채 물속으로 사라지는
저 원시의 사바나로 나는 가자.
병든 하이에나가 혼자 헤매다 죽는 땅,
그에게 늘 잘못 없이 쫓기던 임팔라는
또 그 옆에서 아무런 일도 없다는 듯
태연스레 서서 새끼를 낳는다, 새끼를
감쌌던 태반마저 깨끗 먹어 치운 다음,
나오자마자 필사의 몸짓으로 뒤뚱거리다가
사막 속으로 달려 나가는 제 새끼를 그저
멀뚱히 바람만바람만 바라보기만 하는
저 무심無心의 사바나로 나는 가자.

마냥 쫓고 쫓기는 먹이사슬로
수제비태껸하듯 숨 가쁘게 숨 가쁘게,
그러다 마침내는 마른 똥과 바람만 남는
사바나로 나는 가자, 나는 가자.

먼동

참 맑은 공기의 소리를 듣는다.
저 먼 빙하기의 수맥을 휘돌다가
광대무변의 하늘 끝에 가 닿아
쩌억, 쩍 금이 가는 거대한 찰나 소리.

침묵도 깊으면 함성이 되는가,
온 천지가 소리의 빛으로 꿈틀대는
검푸른 새벽 산에 올라 먼동을 보면
하늘맨살은 피 튀기며 아우성친다.

뜬눈으로 밤을 밝힌 백내장 걷어내고
온 산 붉게 물들이는 갓난아이의 비명,
우주로, 종소리로 쩌억, 쩍 울려 퍼진다.

등산

깊은 가을산에 오르니 비로소 알겠네.
죽는 것이 죽는 게 아니라는 걸.

누군가는 초록이 지쳐 단풍 든다지만
우수수 떨어지는 제 살, 제 아픔으로
오는 봄을 벌써 약속하는 저 부신 희열,
두 손으로 충분히 매만지고도 남겠네.

그 잎과 피와 살 썩어 늘 살아있는 산,
그대 품에 넉넉히 안겨 비탈길 걷노라니
나 이제 비로소 촛불처럼 환히 알겠네.

사는 것도 사는 게 아니라는 걸.

저 가을빛

구렁이 담 넘어오듯 가을이 온다.
죽어 나자빠져도 못내 지워지지 않을
징하고 징한 그대 그리움 끌며.

전생에 무슨 업장 타고났기에
우리 인연은 이다지도 질긴 것이냐.
시집가자마자 객혈 쏟으며 쓰러진
사촌누님의 가슴속 같은 저 가을빛.

여름 한철, 뱀 잡아 날뛰다가 뱀한테
물려 죽은 어느 땅꾼의 해진 양말들이
감전의 전기 빨랫줄에 내걸려 있다.
부신 가을 날빛 속에 거꾸로 매달려
바람 든 백골로 흐느끼며 나부낀다.

하늘은 한 사랑으로 미친 듯 짙푸르고

붉은 잎들의 시샘은 불난 듯 환장이더니
낮잠 한숨 자고 나니 또 어느새
건너편 산자락은 딴 세상의 이내 빛이다.

구렁이 담 넘어가듯 가을이 간다.

고독사

사는 게 무겁다.
자기 몸피만큼이라도
가벼워지고 싶지만,
그는 그 무게를
끝내 내려놓지 못한다.
무거운 막바지 인생을
밤새 끙끙 앓다가
아침이면 또 거짓말처럼
그마저 말짱 잊어먹는다.

그의 얼굴에 번진
마지막 웃음의 흔적,
인생은 저렇듯
혼자일 때 편안한 것인가.

팽목 이모

오메, 징한 것, 배가 홀라당 엎어져부렀당께.
섬보다도 더 큰 세월혼가 뭔가 하는 여객선이
환장하게 눈이 부신 이 이쁘고 화창한 봄날에
곰비임비 거짓말처럼 물속으로 들어갔당께.
참말로 거짓말처럼, 재난영화 촬영하대끼 말여.

바다 우 배 이름이 어째크롬 세월호당가, 몰라
한번 가믄 안 오는 게 세월인디, 아니 으떻게
그런 이름이 다 지어졌다냐 세월호가 뭣이여!

꽃게잡이 나간 느그 늙다리 이숙이 놀라서
꽃게는 한 마리도 못 건지고 현장으로 내달려
물에 빠진 아이들만 허둥지둥 대신 건져 올렸는디,
그래도 못 건진 아희들이 배보다도 더 많다고
뭍에 오르자마자 억장 무너져 꺽꺽 울어쌓더라고.
그러고는 쓴 소주병 나발 불고 푹 무릎 꺾이더니

아직 아희들 헛것이 보인다문서 몸져누워부렀다.

오메, 염병할 것, 이제 어쩌면 좋더란 말이냐,
꽃게들은 호시절 만나 보란 듯 활개치고 놀 턴디,
꽃들은 저리 만화방창하고 벌나비는 춤추는디

이명耳鳴

그리움이 깊으면 귀도 점점 멀어지는가,
먼바다 소라껍데기 같은 내 달팽이관 속으로
온갖 소리의 정령들이 스며들어 와 춤춘다.
푸른 숲을 뒤흔드는 매미 떼이기도 하고,
빈 하늘 가로지르는 몇만 볼트 고압선이거나
깊은 밤 짝 찾는 황소개구리 울음이거나
냉장고로 쉼 없이 흘러드는 전류 한 끄트머리를
싸락싸락 갉아먹는 불가사리이기도 한 소리가
진종일 주인 허락도 없이 발맘발맘 방정스럽다.
귓속은 찐빵처럼 부풀어 오르고 소리는 갈라진다.
세기말 어디쯤의 경계에서 몸부림치는 혼돈이다.

이명에는 약이 없어요, 마음을 다스리세요.
뭇 원한도 내다 버리고 과거도 돌아보지 말아요.
경험 많은 의사 선생님은 오지랖 넓게 처방했지만
마음의 병 다스리는 일이 어찌 마음대로던가.

무시로 덤벼드는 내 귓속마을 벌레들은
마음이 고요할수록 더 그악스레 아우성치고,
종종걸음으로 장난스레 걸어오던 지진은 마침내
바다를 집어삼킨다, 오, 천지개벽이다
그리고 정적, 아무런 소리도 들려오지 않는다.

육체의 시詩

나는 하나의 물방울이며 불꽃, 영혼의 상처
덧없는 태양의 고리, 혹은 잔물결에 흔들리는 수초,
한 사랑이 그 바다를 물어뜯는 짐승과 만날 때
슬픈 운명은 비로소 세상의 과녁 안으로 들어온다.
개구리밥 둥둥 떠 있는 어머니의 자궁 안에서
우리들 형제애는 참으로 기운차게 펄떡이며 뛰놀았지.
붉고 푸르게 분열하는 애증의 숱한 자맥질 속,
빛과 어둠의 교직交織을 위해 핏줄은 늘 바빴다.
그럼에도 무리 지어 살고 있는 저 까마귀 떼 울음소리는
눈 감고 귀 막은 채 듣지 못하였구나, 알아도 모른 척
유방에 잠복해 엉겨 붙은 절망을 짐짓 외면하였구나.

병든 기관지 끝에 숭어리로 매달린 포도밭에선
폭력이 난무하고, 상처받은 영혼은 거기에 저항하고,
공기에 섞여 들어온 티끌이나 먼지를 쉼 없이 밀어냈다.
고향 떠난 갯바람의 처연한 아침안개 속에서도

나의 핏줄 덩굴은 여전히 붉고 푸르게 분열하였다.
참 열심히 꽃 피우고 열매 맺고 억센 뿌리를 뻗쳤다.

그 어떤 가벼운 육체도 단순한 파이프는 아니다.
등 따시고 배부른 햇빛을 빨아들이는 정교한 그물코와
뿌린 대로 거두는 아주 당연한 인과응보의 숟가락과
내부의 압력을 견디기 위한 뜨거운 마음의 창과
별나라의 꿈을 향해 헤엄치는 적혈구를 갖고 있다.
때로는 스스로를 공격하는 바이러스가 제 무덤을 파고
통째로 뭉텅 잘려 나간 괴사목 가지의 나사 풀린 시계가
날로 굳어지는 동맥의 교통마비를 일깨우기도 하지만,
모세관의 전체 길이는 지구를 세 번 휘감고도 남는다.

물과 모래, 시멘트가 뒤섞인 단단한 새집 지으려
나는 철근을 메고 다시 가파른 비계飛階 위를 오른다.
저 먼 원시림에서 바다 건너온 원목 위로 올라서면

아, 그래도 활짝 열리는 하늘, 넘치는 폐활량이여.
나는 진정 새로 나야 한다, 더욱 분명한 의지의 불꽃으로,
너희들의 살진 빵을 뜯지 않고, 희생양을 부르지 않는
깨끗한 피와 살의 땅, 저 광대무변의 우주 속 육체로.

노을 끝에서

아름다운 날들이여, 이윽고 해가 진다.
하루가 가고 한 생애가 타버린 노을 끝에서
나는 비로소 그리운 고향 앞에 선다.
부르지 않아도 달려오는 저 황금 파도,
그대는 무슨 영혼의 채찍으로 나를 삼키려는가.

회돌이 치는 피의 격정, 거대한 주름살로
망각의 숲에 가려진 낯익은 길들을 일으키며
생명의 고리, 빛의 둥지로 나를 이끄는 노을은
노랗고 희푸르며 검붉은 영원회귀로 춤춘다.
끓는 수평선의 몸부림이 나를 숨 막히게 한다.

사랑하는 날들이여, 서녘바람이 뜨겁다.
그 빛의 칼날을 물고 잔뜩 부풀어 오른 바다는
진정 거룩한 침묵, 눈부신 신神의 손짓,
밤으로 가는 진통은 왜 저리도 황홀한가.

심장 속 먼동이 터지는 내일 새벽까지
나는 이대로 잠들지 않는 그리움이고 싶다.

눈물의 노을 끝에서 뱃고동 소리가 들려온다.

절정

등이 휜 늙은 소나무 한 그루,
얼어붙은 한겨울 절벽 끝에 서 있다.
침묵의 무게로 날 세운 강철무지개처럼.

눈 쌓인 산길은 첩첩 막혀 있고
청동靑銅 거울의 저 북녘 하늘빛은
쨍그랑 깨질 듯 아득히 투명한데,

거기 백척간두의 절벽 위에서
비잉빙 원무 추며 맴돌던 검은 솔개,
그 허공중에 우뚝 멈춰 서버렸다.

어스름

헛기침도 없이
다가오는
그대 인기척,
밝은 손이
어둠의 손에게
손을 내민다.
꼴깍,
숨넘어가는 소리
천지를 덮는다.

저녁에

하느님 아버지의 뼈를 만진다.

불이나 물, 공기 같은
뼈들은 다시 흙가루가 되고,
한낱 관념뿐인 그림자가 되고,
정말 별것 아닌 의미만으로
삶의 뒤쪽 마른 풀밭에 뿌려진다.

그래, 나는 뼈였구나.
빈 해골바가지였구나.
남은 것은 그저 물이나 공기,
가벼운 한 줌 흙밖에 없다.

기다림

이호철 선생님께

아무리 눈물 나게 슬픈 그리움에도
나무는 끝내 그립다 말하지 않는다.
아무리 뼈 시리게 다리가 아파도
나무는 아프다고 주저앉지 않는다.
그저 그렇게 한자리에 우두커니 서서
누군가의 그리움과 슬픔을 대신할 따름,
그 누군가가 비록 기계톱 들고 찾아와
드르륵 베어내고 도끼 들어 내리치거나
기둥으로 또는 대들보, 서까래로 다듬어도,
나무는 다만 두 팔 벌려 활짝 웃으며
그의 생애 첫 집짓기를 축복할 따름.
그리고 그의 집으로 깊숙이 걸어 들어가
따뜻한 자연의 숨결로 거듭나 부활한다.

잠자는 돌

박정만 시인에게

쨍그랑, 거울 깨지는 소리 들리는
투명하게 질푸른 겨울하늘을 보며
모처럼 끊었던 술과 담배를 다시 피운다.
눈물 나는 그대 시집 다시 꺼내어 읽는다.

사람들은 넋이 나간 듯 두리번거리며
달동네 사거리의 푸른 신호등 기다리는데
빗물에 얼룩진 병실 바람벽의 묵은 달력을
뚫어질 듯 빤히 들여다보다가 벌떡 일어선
그대는 누이네 집에 잠깐 볼일이 있다면서
몽유병자처럼 비틀거리며 줄행랑쳤었지.

그리 별나게 무슨 볼일도 딱히 없으면서
바람으로 훌쩍 떠나고 나니 속이 시원한가.
하지만 오늘도 바쁜 나날의 신호등 바라보며
두리번두리번 남아 있는 못난 우리들은

가슴 아프고 시리다네, 웃음마저 서럽다네.
부질없이 억울하고 쌓인 억장 안 풀려서
시방도 저 푸른 하늘 보며 주먹질한다네.

그러나 마침내 사랑은 다시 오는 것,
길 없는 길 없고, 이름 아닌 이름 없나니
잠자는 돌 위에, 혹은 헤매는 벌판 속으로
시린 햇빛 반짝 부서지는 이 겨울날
봄날의 꽃안개는 이미 우리 곁에 와 있다네.

사람 한 그루

조상호 형에게

아름드리 큰 나무를 조심스레 껴안고
거기에 가만히 귀 기울이고 있으면
쉬지 않고 흐르는 물소리가 들린다.
저 시원始原의 숲속을 달려온 물소리,
바람소리도 들린다, 햇살의 속삭임도
들리고, 움직이는 잎사귀와 겉껍질들의
부스럭대는 소리도 영혼처럼 들린다.

나무는 한순간도 멈추어 쉬지 않는다.
따뜻한 광합성의 노동으로 땀 흘리면서
날마다 밤마다 혁명을 꿈꾼다, 뿌리를 통해
물을 빨아올리고, 햇빛과 신선한 공기를
들이쉬고 내쉬면서 새싹을 틔우고, 애채
가지를 뻗고, 꽃을 피우고, 열매를 맺는다.
수많은 다람쥐와 청설모, 새와 벌, 나비,
개미 떼를 품에 안고, 더러는 상처도 받지만

나무는 그 부대낌 속에서 침묵으로 기다린다.
물기 머금은 이끼가 지친 발 덮어주기를,
상처 말려줄 아침 햇살이 어서 달려오기를,
그 기다림을 위해 나무는 늘 높이 서 있다.
풍요로운 지상의 인간과 뱀, 개떼와 호랑이,
온갖 축생들 머리에 쏟아지는 비와 폭염을
막아 주고자, 나무는 높이 서서 먼 길을 본다.

나무는 녹색의 두통약과 긍정의 그늘을 만들고
우리가 일용할 물과 불을 만들고, 집과 선박과
책걸상을, 날마다 새로운 첫사랑을 만든다.
내가 아는 어떤 한 사람도 이 나무와 닮았다.
나무를 끔찍이도 좋아하고 사랑한 나머지
처음엔 아주 조금씩 나무를 닮아가나 싶더니,
결국 그 나무와 한 몸으로 붙붙어 버렸다.
사람으로 살아온 그대, 여기 나무로 서 있다.

사랑보다 더 아픈 생명의 울림
김상렬 선배님께

이승하 | 시인 · 중앙대 교수

공주로 한번 내려오라는 연락을 몇 차례 받았는데 아직도 공주 마곡사 근처에 있는 선배님의 집필실에 가보지 못했습니다. 죄송합니다. 편지 한 통으로 송구한 마음을 전해 올리고자 합니다.

1975년 〈한국일보〉 신춘문예에 소설이 당선된 이후 지금까지 낸 창작집이 10권이시지요. 꾸준히 작품 활동을 하시며 채만식문학상, 한국소설문학상, 중앙대문학상 수상의 영광을 누리기도 하셨습니다. 2016년에 연작소설집 《헛개나무집》, 수상록 《햇살 한 줌》이 나온 이래 4년이 흘렀기에 새 소설집이 나올 때가 되었다고 생각하며 인터넷에서 성함을 찾아보곤 하던 차에 놀라운 소식을 들었습니다. 백 편의 시를 썼고, 첫 시집 원고를 출판사로 넘겨 교

정도 다 끝냈다는 것입니다.

소설가 김상렬에게 시심을 불어넣어 빵 터지게 한 것은 바로 코로나 바이러스 사태였습니다. 소설로는 쓸 수 없는 것, 방언처럼 신들린 듯 펜을 움직이게 한 것은 "천지개벽 같은 코로나 바이러스 사태"였습니다.

시집 원고를 11년 후배가 아닌, 학연이나 지연에 좌우되지 않는 엄격한 문학평론가의 입장에서 읽었습니다. 한두 편 읽고, 또 한 장을 넘기고, 1부를 다 읽고, 마침내 〈사람 한 그루〉에서 독서가 끝났습니다. 이럴 수가. 이거 무언가 잘못된 것이 아닙니까.

저는 사태가 발생한 2월부터 6월 말일인 지금까지 코로나 바이러스 사태에 대해 시라곤 달랑 두 편밖에 못 쓰고 손을 놓고 있는데, 선배님은 수십 편의 시를 쓰셨습니다. 제가 경악한 것은 시의 편 수에 있지 않습니다. 편편의 시의 완성도에 있습니다. 등단 이후 시를 써오지 않았을 텐데 이런 수준의 시를? 그것도 이렇게 고른 수준의 시를?

선배님은 45년 동안 소설가로 살아오면서 일관된 작품세계를 갖고 있었습니다. 자본주의의 폐해에 대한 비판의식, 공동체의 질서를 깨뜨리는 자들에 대한 분노, 생태환

경 파괴에 대한 우려, 산업화 혹은 공업화로 치달으면서 잃어버린 것들, 특히 인간 생로병사의 비의에 대한 깊이 있는 탐구는 세속적인 인기몰이 대신 탄탄한 작품성 제고에 공헌하게 했습니다.

시집을 다 읽고 보니 장르가 바뀌고 시의 소재가 바뀌었을 뿐, 지금까지 추구해온 작품세계의 지향점이 달라진 것은 아니었습니다. 현 상황에 대한 고민이 펜 든 손을 계속 움직이게 하여 하루에 한 편씩 시를 쓰게 되셨다고요. 아이러니하게도 시를 쓰게 한 것은 눈에 보이지 않는 바이러스였습니다.

바이러스에게 창궐할 기회를 준 것은 인간이었고 인간의 욕망이었습니다. 문명의 이기를 많이 만들어 많이 팔면 그만이라는 생각은 지구 온난화와 오존층 파괴를 가져왔습니다. 남북극 극지는 급속히 녹고 있고 호주대륙은 반년 내내 산불이 꺼지지 않았다지요. 그동안 광우병, 사스, 조류인플루엔자, 신종플루, 구제역, 메르스 등이 지구촌을 들썩이게 했지만 코로나 바이러스만큼 지독하지는 않았습니다. 지금까지는 바이러스가 인류를 상대로 국지전을 전개했지만, 올해 들어 마침내 전면전을 선포했습니다. 권투에 비유하면 잽을 날리면서 탐색전을 펴다가 훅

과 어퍼컷을 던지며 KO패 시키려 하고 있습니다.

선배님은 국내외 언론보도를 예의 주시하면서 우리 모두에게 경고의 메시지를 주기로 했습니다. 지금까지 우리가 영위해온 삶의 방식을 고수하면 백만 명이 아니라 1억 명이 죽을지도 모릅니다. 쓰레기의 섬이 태평양, 대서양, 인도양을 떠돌아다닐지도 모릅니다. 남극과 북극이 다 녹아 베니스도 사라지고 베니스의 상인도 사라질지 모릅니다. 문명이 인류를 문맹의 세계로 되돌리고 있습니다.

백신이 개발되지 않고 이 추세로 계속 번진다면요? 백신이 겨우 개발되었는데 백신으로 퇴치되지 않는 변종 바이러스가 또 공격해 온다면요? 〈마스크〉 연작시가 말해주고 있습니다. "이쪽의 이기利己 아닌 저쪽에의 배려"를 모르는 저 선진국들이 참 낯설다고. "흩어지면 살고 뭉치면 죽는다고 법석"이니 세상은 완전히 뒤집히고 말았습니다. 선진국이 선진국답지 않게 확진자가 속출하는 세상, 뭉치면 집단 감염되는 세상에 선배님께서는 걱정하고 또 걱정하며 시를 썼나 봅니다.

아아, 이 비극적인 세상에 문인이 무엇을 할 수 있을까요? 소설가는 소설을 쓸 수밖에 없으며 시인은 시를 쓸 수밖에 없습니다. “천지개벽 같은 코로나 바이러스 사태”에 대해 선배님께서는 언젠가 소설을 쓸 테지만 시는 속전속결이 가능합니다. 시는 정문일침과 촌철살인의 세계를 지향하니까요.

시집 한 권으로 시단에 등단하여 새숲 시리즈의 첫 권을 장식하게 된 것이 우리 시단으로 보면 홍복일지 모르지만 제 개인으로는 바짝 긴장하게 됩니다. 제가 추구했던 시세계와 선배님이 추구했던 소설세계는 비슷한 점이 많았는데, 이렇게 시집을 내게 되셨으니 제가 분발해야겠습니다. 시집이 나오면 꼭 공주 마곡사 근처 집필실로 찾아뵙겠습니다. 코로나 바이러스 사태가 하루빨리 끝나기를 바라면서.

2020년 6월 30일

후배 승하 올림

김상렬

1975년 〈한국일보〉 신춘문예에 소설 〈소리의 덫〉이 당선, 지난 45년 동안 참된 세상과 인간성 회복을 위한 소설가로 살아왔다. 지금은 산속 자연과 한 몸이 되어, 스스로의 문학 출발점이자 고향이기도 한 시(詩)에 몰두, 연서를 쓰는 마음으로 인생의 절정을 변주하고 있다.

나를 낳고 키운 진도의 청옥빛 바다, 가슴 시린 인천 시절의 "겨울동인"과 문화공보부 주관 신인예술상(시 부문) 수상할 때의 젊은 날을 그리면서.